KB265318

황금나무

SEOUL, 2007

## 황금나무

초판 제1쇄 발행일 2007년 10월 30일  초판 제2쇄 발행일 2011년 4월 15일
글 박윤규
발행인 전재국  본부장 이광자
주간 김문정  아동청소년팀장 박진희  디자인팀장 남희정
저작권 최아정  마케팅실장 정유한  마케팅팀장 호종민
발행처 (주)시공사  주소 서울시 서초구 서초동 1628-1
전화 영업 2046-2800  편집 2046-2826
인터넷 홈페이지 www.sigongsa.com

ⓒ 박윤규, 2007

ISBN 978-89-527-5038-9 43810
ISBN 978-89-527-5572-8 (세트)



*홈페이지에 회원으로 가입하시면 다양한 혜택이 주어집니다.
*잘못 만들어진 책은 구입하신 곳에서 바꾸어 드립니다.

# 황금나무

박윤규 지음

시공사

# 차례

# 하늘 사다리

무릇 천하 만물은 제각각 존재의 역할과 의미가 있다. 나는 나무들이 일평생 한곳에 뿌리박혀 가만히 서서 바람만 맞는다고는 생각하지 않는다. 지상에서 가장 크고 장구한 생명체인 나무들 역시 그에 합당한 역할과 의미가 있을 것이다.

나무는 광합성을 하여 싱싱한 산소를 만들어 내고, 몸을 태워 빛과 열을 공급해 주고, 몸을 쪼개 사람살이의 재료를 제공해 준다. 그리고 꽃과 열매를 주고 시원한 그늘과 푸른 아늑함으로 안식을 준다.

이러한 용도적 역할 이외에 나무들이 갖는 보이지 않는 의미는 또 무엇일까?

옛사람들은 그 의미를 잘 알았던 듯하다. 동양과 우리 민족 전통 사상에서는 일(一)은 하늘이요 만물의 근원이다. 이(二)는 땅으로서 만물을 기른다. 삼(三)은 만물의 영장인 사람으로서 만물을 조화롭게 한다. 수화목금토(水火木金土) 오행에서 나무는 세 번째로 오행의 중심이며 사람을 상징한다. 그러므로 사람은 곧 한 그루 나무이다.

고대의 성인 복희는 세상의 중심에 선 나무인 건목(建木)을 타고 오르내리며 하늘 문명을 땅에 가져와 펼쳐 인류 문화의 기원이 되게 했다고 한다. 나무가 하늘로 통하는 사다리이며 길이었던 것이다.

또한 사람은 소우주이며 하늘의 자식이라고 한다. 따라서 사람만이 하늘을 향해 머리를 들고 하늘을 우러르며 살아간다. 세상의 모든 나무들도 바로 그 하늘을 가리키며 서 있다. 우리가 떠나온 근원, 마침내 돌아가야 할 본향, 반드시 가야만 하는 목적지를 지시하는 화살표처럼…….

나는 한 그루 나무다.
내 속에 길이 있고, 우주의 모든 길은 나에게로 통한다!

월악산 관영재에서

玄同 박윤규

# 꿈꾸는 어린 소나무

'나무들은 왜 한평생 한곳에 뿌리박고 서서 하늘만 바라볼까?'

처음 이런 의문으로 생각의 물꼬를 튼 나무가 있었다. 바다가 보이는 작은 동산, 밝은누리 구석에 그 나무는 뿌리박고 있었다. 밝은솔이라는 어린 소나무였다.

밝은솔이 이런 생각을 품게 된 건 지난해 산불 때문이었다. 산불은 봄바람을 타고 무섭게 번져 왔다. 만일 때맞추어 장대비가 내리지 않았다면 밝은누리는 잿더미가 되고 말았을 터였다. 산불이 따닥따닥 소리를 내며 번져 올 때 밝은솔은 뿌리를 땅에서 빼내 마구 도망치는 상상을 했다.

그 뒤 밝은솔은 종종 꿈을 꾸었다. 걸어 다니는 꿈이었다. 꿈속에서는 뿌리와 가지를 마음대로 움직일 수 있었다. 구부리기도 하고 흔들 수도 있었다. 걷기가 익숙해지면 마구 달릴 수도 있었다. 비록 꿈이지만 그 기분은 그저 최고라고 할 수밖에 달리 표현할 길이 없었다. 그러다가 꿈에서 깨면 뿌리는커녕 가지 하나 까닥할 수 없는 딱딱한 나무일 뿐이었다. 밝은솔은 그 사실이 못내 답답하고 서글펐지만, 나무이므로 어쩔 수가 없었다.

봄바람도 잠든 듯 고요한 한낮, 밝은솔은 또 꿈을 꾸었다.

밝은솔은 가뿐하게 뿌리를 땅에서 빼냈다. 몇 걸음 걸어 보니 몸이 유난히 가벼웠다. 마음만 먹으면 저 태양까지 날아오를 수도 있을 듯했다. 아니, 정말로 날고 싶었다. 밝은솔은 뿌리를 구부렸다가 땅을 박차며 가지를 흔들었다. 몸이 떠오르기 시작했다. 밝은솔은 더 힘껏 뿌리와 가지를 흔들었다. 새가 된 듯 자유롭게 날아올랐다. 어느 만큼 하늘에 떠오르자 뿌리와 가지를 움직이지 않아도 마음먹은 대로 높이 올라갔다. 새들보다 더 높이 올라가 구름 위로 날았다.

어느덧 오색 빛이 은은하게 감도는 하늘에 이르렀다. 하늘에도 숲이 있었다. 그런데 놀랍게도 나무와 풀들이 모두 자유롭게 걸어 다녔다. 하늘의 풀과 꽃과 나무들은 모두 은은한 빛을 터뜨렸다. 그 빛이 밝은솔에게 스며들자 밝은솔은 한없는 밝음으로 가득 찼다.

그런데 어느 순간, 커다란 까마귀가 날아와 밝은솔을 마구 쪼기 시작했다. 밝은솔은 허우적대며 아득하게 떨어지고 말았다.


"아아아악!"

밝은솔이 지른 고함에 고요한 숲이 깨어났다. 소나무 향이 짙게 풍겼다.

"저 꿈쟁이가 또 무서운 꿈을 꾼 게로군. 저렇게 허약해서야, 원."

벚나무가 빈정대는 냄새를 피웠다.

밝은솔은 한동안 꿈속 하늘에 펼쳐져 있던 숲의 광경을 지울 수가 없었다. 날아오르던 때의 기분은 걸어 다닐 때와는 또 달랐다. 자유롭고 상쾌하고 평온하며 모든 것을 다 가진 듯 충만했다. 그리고 새로운 하늘은 정말 자유롭고 아늑하고 행복해 보였다. 할 수만 있다면 하늘로 가서 살고 싶었다. 아니, 당장 여기만이라도 떠나고 싶었다.

"우리는 왜 한자리에만 붙박여 살아야 해요?"

밝은솔은 곁에 선 주목나무에게 물었다. 언젠가 같은 질문을 했다가 혼찌검이 났는데, 기어이 다시 묻고 말았다. 주목나무는 아무 대답이 없고, 다른 나무들이 핀잔을 주었다.

"이런, 허망한 꿈쟁이야. 땅에서 뿌리를 빼내 어디로 가려고? 하늘로 갈래, 바다로 갈래?"

"토끼처럼 깡충깡충 뛰어가다가 벼랑에서 뚝 떨어지고 싶어?"

주목나무가 옅은 향내를 내뿜으며 어린 소나무를 감싸 주었다.

"밝은솔아, 너는 생각이 너무 많구나. 가뜩이나 뿌리박은 곳도 바위틈이라 키도 잘 안 크고 몸통과 가지도 배배 꼬이는데, 병이라도 걸릴까 봐 걱정이구나."

이어 은행나무가 묵직하고 비릿한 냄새를 풍겨 왔다.

"기운이 허약해서 두려움에 눌려 헛된 꿈을 꾸는 게지. 아무래도 〈나무의 노래〉를 일찍 가르쳐야겠군."

은행나무가 노래를 부르자 어른 나무들이 따라 부르기 시작했다.

위대하여라

나무는 지상의 王이다

하늘 기운 땅기운 모아

푸른 생명 기운 만드네

온 누리에 베풀어 주네


나무의 푸른 입김 없이는

누구도 살아가지 못한다네

위대하여라

하늘(一)

땅(二)

만물(三)을 하나로 꿰었으니

나무는 지상의 王이다


푸른 나무 속에서

금빛 해가 떠오르네

　노래의 향기가 동산을 가득 메웠다. 노래를 부르는 나무들은 자못 경건하고 자랑스러운 빛이었다. 어린 나무들은 그 모습을 신기한 듯이 바라보았다.

　"이 노래는 열매를 맺은 어른 나무에게만 가르쳐 주는데, 네겐 특별히 일찍 알려 주마. 우리들 나무가 얼마나 위대한 존재인지 알면 두려움도 사라질 거야. 노래는 생각이나 말보다 훨씬 힘이 세거든. 주목나무가 자세히 설명해 주세요."

　은행나무가 명을 내렸다. 나이테가 200개가 넘은 은행나무는 동산에서 키가 가장 컸다. 크고 굵은 뿌리가 깊숙이 뻗어 있어 땅속 물 흐름까지 조절할 수 있다고 했다. 은행나무의 조상은 가장 오래전부터 살았고, 태초의 나무도 은행나무라고 했다. 그런 까닭에 동산의 나무들은 모두 은행나무의 말을 잘 따랐다.

　700살이나 된 주목나무는 이야기 나무로 통했다. 밝은누리에서 벌어지는 일은 물론, 아주 옛날 일까지 두루 알았다. 수없이 많은 나이테에 담긴 이야기를 들려주려면 그 나이테만큼이나 많은 세월이 필요할지도 몰랐다. 그 때문에 모두들 주목나무를 존경했다. 은행나무도 주목나무에게만은 예의를 갖출 정도였다.

주목나무가 말했다.

"나무는 만물의 근원이란다. 새도 짐승도 다 나무에서 태어났거든."

태초의 나무 이야기는 밝은솔도 잘 알았다. 날짐승, 길짐승은 물론 사람까지 태초의 나무가 낳았다고 했다. 그러므로 나무는 세상의 중심이며 주인이라고 말이다.

이전에는 밝은솔도 그 말을 믿었다. 하지만 산불을 본 다음부터는 믿기지 않았다. 커다란 어른 나무들도 꼼짝없이 타 죽었다. 불이 나지 않은 때라 해도 사람들은 걸핏하면 찾아와서는 가지를 꺾거나 나무를 통째로 뽑아 가기도 한다. 심지어 눈에 잘 보이지 않을 정도로 조그마한 벌레가 몸을 갉아 먹어도 나무는 죽고 만다. 그런데 어떻게 나무가 세상의 주인이라는 말을 믿으란 말인가.

"피, 거짓말. 꼼짝도 못하는 우리가 어떻게 날짐승이랑 길짐승을 낳아요. 그렇다면 적어도 우리가 까치나 토끼랑 얘기라도 할 수 있어야지요. 걔네들이 우리 열매를 따 먹고 옆에 똥을 싸도 쫓기는커녕 아무 말도 못하면서, 뭐."

밝은솔이 불퉁거렸다.

"후후후, 나도 어릴 때 그런 생각을 했지. 너랑 비슷한 꿈도 많이 꾸었단다. 뿌리를 빼내 걸어 다니기도 하고, 또 훨훨 날아다니기도 하고 말이야. 태초에, 아직 세상이 정리되기 전에는 그랬거든. 나무가 몸통도 구부리고 가지도 마음대로 휘둘렀지."

이때 은행나무가 불쑥 참견했다.

"그만. 허무맹랑한 이야기는 하지 말고, 나무의 위대함만 알려 주세요."

주목나무는 잠시 말을 멈추었다가 다시 냄새를 뿜기 시작했다.

"밝은솔아, 나무가 땅에서 뿌리를 빼내면 고대 말라 죽는 단다. 그러면 누가 이 세상에 신선한 공기를 만들어 내겠니? 나무가 죽으면 세상 만물이 숨도 못 쉬고 죽고 말아. 그래서 우리들은 땅에 굳게 뿌리를 박고 묵묵히 생명의 기운을 만들 어 내는 거야."

밝은솔은 여전히 뽀로통한 냄새를 피워 냈다.

"피, 그거 말고 우리가 할 수 있는 게 뭐예요? 우린 바보 같아요."

"그래. 우린 바보인지도 몰라. 잎사귀나 꽃이나 열매도 다 나누어 주지. 여름엔 그늘도 만들어 주지, 몸뚱이는 땔감이

나 목재로 주지. 아무것도 바라지 않고 말이야. 제 몸밖에 모르는 길짐승이나 날짐승은 절대로 그렇게 못해. 오직 하느님만이 그럴 수 있지. 그래서 짐승들은 죽으면 땅속으로 들어가고, 나무는 죽으면 하늘로 돌아가는 거란다."

그건 처음 듣는 소리였다. 하늘이라는 말을 듣는 순간, 조금 전에 꾼 꿈이 떠올랐다. 빛을 뿜는 나무들이 자유롭게 걸어 다니는 그곳.

"하늘로 돌아간다고요?"

밝은솔의 연둣빛 이파리가 꼿꼿이 섰다.

"저도 하늘로 가고 싶어요."

은행나무가 웃음을 흘리며 거들고 나섰다.

"허허, 녀석, 이제 알아듣는 모양이군. 태초의 나무가 모든 걸 낳았으니, 당연히 우리들 나무가 지상의 왕이지. 새나 길짐승은 뿌리가 없어 늘 방황하고 오래 살지도 못한단다. 공연히 그네들 부러워 말고 뿌리나 튼튼하게 내리렴."

밝은솔은 하늘을 쳐다보았다.

아른아른 높은 하늘에 토끼를 닮은 구름 한 덩이가 떠가고 있었다.

"하늘, 저 하늘로 돌아간다고?"

밝은솔은 해를 바라보며 힘을 주었다. 햇빛은 이파리로 파
고들고 뿌리에서는 물기가 올라왔다. 온몸이 찌르르했다.

# 금지된 노래

• • •

　나무들이 단장을 시작했다. 가지와 잎사귀의 물기를 뿌리로 조금씩 끌어내렸다. 물기가 빠진 잎사귀들은 노랑, 빨강, 주황으로 물들어 갔다. 그 가운데 거대한 은행나무의 변신은 부러움 섞인 감탄을 자아냈다.

　"와, 황금나무다!"

　"역시 나무들의 대왕이야!"

　은행나무는 밝은누리의 우상이었다. 가을이 되면 온몸이 황금빛으로 변했고, 황금빛 열매를 매달아 냈다. 큰 깨달음을 얻은 위대한 나무들만이 몸이 황금빛으로 된다는데, 은행나무는 가을마다 그런 모습을 보여 주었다. 그런 은행나무가 머지않아 위대한 나무로 변할 거라는 말도 있었다.

위대한 나무 이야기를 들을 때면 밝은솔은 언제나 물관이 볼록거렸다. 아주 오랜 옛날 밝은누리 동산에는 위대한 나무들이 살았는데, 그들은 불에 타지도 않고 죽지도 않는다고 했다. 마음껏 세상을 돌아다니며 온갖 구경을 하다가 하늘로 가서 태초의 나무와 하나가 된다는 것이었다.

"나도 한때는 황금나무가 되고 싶었는데……."

초록빛이 더욱 짙어진 주목나무가 은행나무를 부러운 듯이 바라보았다.

"피, 몸뚱이만 황금색이면 뭐해요? 저건 가짜 황금나무예요. 위대한 나무가 아니라고요."

밝은솔이 불퉁거렸다.

"쉿, 그런 말을 함부로 하다니. 조심해야지."

주목나무가 강한 냄새를 내뿜어 밝은솔의 냄새를 지워 주었다.

〈나무의 노래〉를 배운 뒤 밝은솔은 한동안 평온했다. 그 노래를 부르니 알게 모르게 마음이 든든해졌다. 뿌리와 가지도 튼튼해지고 이파리도 싱싱하게 빛났다. 정말 자신이 점점 더 위대해지는 느낌이었다. 그래서인지 별로 꿈도 꾸지 않았다. 노래는 생각이나 말보다 훨씬 힘이 세다는 은행나무의 말이 옳은 듯했다.

하지만 그런 기분도 오래가지 못했다. 가을이 되어 오슬오슬 추위를 느끼게 되자 밝은솔은 다시 의심이 많아졌다. 낙엽이 지는 나무들을 보니 자꾸 초라한 생각이 들었다. 겨울 눈보라에 시달릴 생각에 지레 겁도 났다. 밝은솔은 다시 걸어 다니고 날아오르는 꿈을 꾸기 시작했다.


깊은 밤, 키 큰 나무들의 우듬지 위로 별들이 총총하게 빛났다.

밝은솔은 잠이 오지 않았다. 파도가 자갈밭을 긁어 대는 소리만 점점 더 크게 들려왔다.

"너 또 잠을 못 자고 이파리나 뒤척대는구나."

주목나무가 약한 냄새를 풍겨 말을 걸어 왔다.

밝은솔도 약한 냄새로 대꾸했다.

"이상해요. 옛날엔 위대한 나무들이 많아서 자유롭게 걸어 다니고 날기도 했다는데, 지금 나무들은 왜 다 한곳에 붙박여 살아요?"

"밝은솔아, 그건 세상이 정돈되기 전 일이야. 지금 나무가 그렇게 돌아다니면 세상이 발칵 뒤집히고 말 거야. 자꾸 그런 생각을 하면 뿌리가 약해져 제대로 자라지도 못해. 결국 말라 죽거나 얼어 죽을지도 몰라. 물과 햇빛을 잘 먹고 쑥쑥 자라야 눈보라와 태풍에도 끄떡없지."

"치, 이대로 평생 사는 것보다는 하루라도 걸어 다니다가 죽는 게 낫겠어요."

주목나무는 길게 한숨을 내쉬었다.

"죄송해요, 주목나무 님. 저도 이러기 싫은데, 정말이지 이대로 평생을 살 걸 생각하니 너무 슬퍼요."

주목나무는 한동안 가만히 밝은솔을 바라보았다. 그런 주목나무의 가지 끝에서 별들이 반짝거렸다.

"나도 어릴 때 그런 생각을 많이 했는데, 너는 나보다 훨씬 더하구나. 어쩌면 너는 보통 나무들보다 크고 강한 황금나무 씨앗을 가졌나 보다. 그런 네가 바로 내 곁에 태어난 것도 인연이니 말하지 않을 수가 없구나."

주목나무는 뭔가 비밀을 털어놓으려는 듯 조심조심 냄새를 피웠다.

"밝은솔아, 실은 네 꿈이 옳아. 나무들도 걸어 다니고 날아다닐 수도 있단다."

밝은솔의 이파리들이 서리를 맞은 듯 빳빳해졌다.

"정말요? 방법이 있나요?"

주목나무가 대답했다.

"너는 어차피 평범하게 살긴 틀린 것 같구나. 바위틈에 뿌리를 내린 탓에 몸통은 구불구불하고 메말랐지. 게다가 생각이 여느 나무들하고는 딴판이니 어떻게 제대로 자라겠니. 아주 잘못되기 전에 차라리 말해 주는 게 좋겠어. 〈나무의 비밀〉이란 노래를 잘 들어 보렴."

주목나무는 옅은 냄새로 노래를 부르기 시작했다.


나무들은 저마다

뿌리골무 깊은 곳에

옹달샘 하나씩 품고 있다네


그래서 나무들은

밤에도 쉬지 않고

겨울에도 잠들지 않고

옹달샘에 자신을 비춰 본다네

고요히 바라볼수록

나이테를 그리며 커지는 옹달샘에는

시나브로 황금빛 떡잎이 자란다네


주목나무의 노래는 신비롭고도 놀라웠다. 은은하게 풍겨나는 노래 향기가 새벽이슬처럼 촉촉하게 온몸으로 스며들었다. 조심조심 약하게 향기를 뿜는데도 이파리와 가지와 몸통을 적시고 뿌리까지 파고들었다. 그 노래가 두 번째 되풀이될 때 밝은솔은 노래 속으로 빨려 드는 것만 같았다. 어디선가 싱싱한 기운이 밀려들었고, 물관들이 올록볼록 움직였다. 가을밤이 여름 낮같이 뜨거워졌다.

"정말 나무 속에 옹달샘이 있어요?"

"그럼, 있고말고."

"어디 있어요?"

"뿌리 가장 깊은 곳, 뿌리골무에."

"그거 마실 수 있는 거예요?"

"물론. 찾을 수만 있다면 말이야. 그게 빛의 옹달샘이야.

그 샘을 마시면 영원히 죽지도 않고, 무수한 지혜가 생기고, 자유롭게 날아다닐 수 있어."

밝은솔은 머릿속으로 그려 보았다. 땅에서 뿌리를 빼낸다. 능선과 골짜기를 걸어 다니다가 갈증이 나면 시냇가에 뿌리를 담가 물을 마신다. 때로는 훨훨 새처럼 날아다니며 구름과 경주도 한다. 산 넘고 바다 건너 세상 구석구석까지 다 가 본다……

상상만으로도 신 나는 일이었다. 밝은솔은 물관들이 팽팽해지는 걸 느끼며 물었다.

"빛의 옹달샘을 어떻게 찾아요?"

"잘 생각해 보렴. 노래 속에 답이 있단다."

밝은솔은 노래를 새김질해 보았다.

"자기 속을 가만히 들여다보면 되는 거예요. 밤이나 낮이나, 겨울에도 잠자지 말고."

"그래. 그러면 빛의 옹달샘이 나타나는데, 바로 거기서 황금빛 떡잎이 자란단다. 나무의 영혼이라고 할 수 있지. 그 황금빛 떡잎이 자라면 자신과 똑같은 나무가 돼."

"아, 그게 바로 황금나무군요!"

"그렇지! 그렇게 되면 대자유와 영원한 생명을 얻을 수 있단다."

"황금나무! 대자유! 영원한 생명!"

밝은솔은 흥분하여 냄새를 마구 피워 냈다. 비로소 할 일을 찾은 것만 같았다. 고함을 지르고 가지를 흔들며 춤이라도 추고 싶었다.

"아서라. 다른 나무들 깨면 안 돼. 이 노래는 금지된 노래야. 은행나무가 알면 우린 무사하지 못해."

주목나무의 다그침에 밝은솔은 멈칫하였다.

"금지된 노래라고요? 이렇게 좋은 노래를 왜……?"

"그건 말이야……."

주목나무는 주위를 살핀 다음 조용히 말했다.

"아주 위험하기 때문이야."

"왜 위험해요? 그냥 자기 속을 들여다보는 건데……."

"햇빛숨쉬기를 해야 하거든."

"햇빛숨쉬기라뇨?"

처음 듣는 말에 밝은솔은 더욱 신경을 곤두세웠다.

"나무는 햇빛을 받아들여 광합성을 해서 푸른 잎사귀를 만들지. 그 잎사귀로 숨을 들이쉬고 내쉬며 싱싱한 공기를 만들어 낸단다. 그렇게 광합성을 할 때 햇빛 중에 참빛만을 모아 뿌리까지 끌어들이는 게 햇빛숨쉬기야."

"그게 왜 위험해요?"

"잘못하면 몸을 망칠 수도 있거든. 햇빛이 이파리에만 머물지 않고 몸통 속까지 들어오면 몸이 마르게 돼."

"그래서 몸을 망친 나무들이 있었나요?"

"그래. 오래전에 많은 나무들이 햇빛숨쉬기를 하다가 말라 죽기도 했지. 그래서 햇빛숨쉬기를 금지시켰고, 〈나무의 비밀〉이란 노래도 부르지 못하게 한 거란다."

밝은솔은 더럭 겁이 났다. 하지만 호기심은 두려움보다 훨씬 더 부풀었다.

"그럼 아무도 햇빛숨쉬기를 성공하지 못했나요?"

"그렇진 않아. 아주 오래전엔 성공한 나무들도 있었지. 박달나무, 보리수, 감람나무 그리고 소나무도 있었단다. 이 나무들이 바로 위대한 나무야. 하지만 세월이 흐를수록 성공한 나무들을 찾아보기 어렵게 되었어. 실은 나도 백 살이 되기 전에 햇빛숨쉬기를 무척 열심히 했지. 너처럼 멀리 다른 데로 가 보고 싶었거든."

"그래서 어떻게 되었는데요?"

"크게 실패했지. 물관이 막혀서 한쪽 가지가 말라 버렸어.

몸통 옹이가 바로 그때 얻은 상처란다."
  주목나무는 중간쯤이 움푹 파여 있었다.
  "이렇게 위험한데도 해 보겠니?"
  밝은솔은 망설임 없이 대답했다.
  "네. 물론이에요!"

# 햇빛숨쉬기

● ● ●

"빛 속의 빛, 참빛을 찾아 마셔. 그게 바로 햇빛숨쉬기란
다."

"참빛, 그걸 어떻게 찾아서 마셔요?"

"마음으로."

"마음이라고요?"

"그래. 마음을 뿌리골무로 모아야 해. 그리고 천천히, 가지
런히, 깊게 햇빛을 들이마셔야 한단다. 이게 햇빛숨쉬기의
세 가지 원칙이야."

"마음을 어떻게 뿌리골무에 둬요? 마음이 어디 있는지도
모르겠는데……."

"후훗, 녀석. 어렵게 생각할 건 없어. 잎눈이 뿌리골무에 있다, 생각하고 거기로 마음을 모으면 된단다."

"좋아요. 해 볼게요."

밝은솔은 태양을 바라보았다. 모든 이파리를 빳빳이 펼치고 햇빛을 많이 받을 수 있도록 애썼다. 마음은 뿌리골무에 온통 쏟았다. 그렇게 시나브로 햇빛숨쉬기에 빠져 들었다.

주목나무는 밝은솔에게 은밀하게 가르침을 전했다.

"서둘지 마. 천천히, 가지런히, 깊게 햇빛을 마셔야 해. 햇빛은 이파리에만 머물게 하고, 참빛은 뿌리 가장 깊은 곳까지 빨아들이는 거야."

밝은솔은 주목나무가 시키는 대로 했다. 하지만 역시 쉽지는 않았다. 햇빛은 가지로 모여드는 것 같은데, 참빛은 느낄 수조차 없었다.


날씨가 추워졌다.

활엽수들은 바짝 마른 잎사귀를 떨어뜨리고 겨울잠에 빠져 들었다. 겨울잠에 빠지면 아무 말도 주고받을 수 없다. 상록수들은 희미하게 볼 수는 있지만 냄새를 피워 내진 못한다. 대화를 할 수 없는 건 활엽수나 상록수나 마찬가지다. 물론 한겨울에 구태여 잠들지 않으려는 상록수는 없다. 그랬다가는 강추위가 왔을 때 가지와 이파리가 얼어붙어 버리니까.

주목나무도 겨울잠에 빠지려던 참이었다.

"밝은솔아, 이제 그만 겨울잠을 자고 나서 봄에 하렴. 욕심을 낸다고 되는 게 아니란다. 욕심은 가장 큰 장애물이야."

주목나무가 겨우 냄새를 피워 말했다.

밝은솔은 그 말을 듣지 못했다. 주목나무의 냄새가 약해서가 아니었다. 햇빛숨쉬기에 깊이 들어간 것이었다. 바람과 공기와 햇빛마저 못 느끼는 그 순간, 전혀 새로운 느낌이 찾아왔다. 서늘하고 묵직한 기운이 몸속으로 파고들었다. 그것은 빛 같기도 하고 물 같기도 했다. 햇빛의 느낌을 잊어버리는 순간, 그 느낌이 생생하게 살아났다.

'빛 속의 빛, 참빛!'

밝은솔은 마음을 추스르며 그 느낌을 몸속 깊이 끌어들였다. 참빛은 물관을 따라 가늘게 파고들었다. 분명 물관과 나란하긴 했으나 물관과는 달랐다. 빛의 관이 새로 생기는 것 같았다.

몸통이 구부러진 곳에 이르자 참빛은 더 파고들지 못하고 그 자리에 머물렀다. 더 깊이 끌어당기려 하니 참빛의 느낌은 어느새 사라져 버렸다.

그때 희미하게 주목나무의 말이 들려왔다.

"너, 잠들었니?"

밝은솔은 햇빛숨쉬기를 멈추고 주위를 둘러보았다.

"와, 드디어 느꼈어요! 참빛을 느꼈다고요!"

밝은솔이 들뜬 냄새로 소리를 질렀다.

"아서, 조용히."

밝은솔의 흥분을 가라앉힌 다음 주목나무가 물었다.

"어떤 느낌이었니?"

"차지도 따스하지도 않고 수액처럼 끈적이는데 아주 밝고 가볍게 느껴졌어요."

"맞다. 제대로 찾았구나. 그 느낌을 뿌리골무까지 끌어들여야 해. 그러면 거기서 빛의 옹달샘이 나타난단다. 정말 잘했어."

주목나무는 진심으로 기뻐했다.

"그런데 몸통이 구부러진 곳까지 오자 참빛이 더 깊이 들어오지 못하던걸요."

주목나무가 잠시 생각한 다음 설명했다.

"가지가 많은 곳이나 옹이나 구부러진 곳에서는 그래. 그

때는 욕심을 내거나 서두르면 안 돼. 억지로 뚫고 가려는 순간 참빛은 사라져 버리거든."

"그럼 어떻게 해야 돼요?"

"참빛은 물과 같단다. 물이 차면 저절로 제 갈 곳을 찾아가듯이, 참빛도 그렇게 흐르도록 바라보기만 하렴. 그럼 어느 순간 뚫고 지나가게 돼."

주목나무의 말은 점점 희미해졌다. 구름이 태양을 가리고 바람이 거세지자 서서히 겨울잠에 깊이 빠져 들었다.

"아이, 아직 여쭤 볼 게 많은데, 잠들지 마세요."

"아무도 동장군을 이길 수는 없다. 너도 무리하지 말고 새 봄에…… 다시…… 만나……."

주목나무는 더 이상 냄새를 피우지 못했다.

동산에 첫눈이 내리자 나무들은 모두 겨울잠에 깊이 빠져 들었다.

하지만 밝은솔은 조금도 졸리지 않았다. 원래 가장 늦게 겨울잠에 드는 소나무라서 그렇기도 했지만, 밝은솔은 이번 겨울에 잠들지 않을 작정이었다. 참빛의 느낌을 즐기며 밤낮 겨우내 햇빛숨쉬기를 하고 싶었다.

"밤에도 쉬지 않고, 겨울에도 잠들지 않고, 옹달샘에 자신을 비춰 본다네."

밝은솔은 태양을 바라보며 가만가만 노래를 불렀다. 차르르 철썩, 차르르 철썩, 자갈밭을 긁는 파도 소리가 장단을 맞춰 주었다.

# 봄날의 심판

• • •

시나브로 바다를 건너오는 바람이 부드러워졌다.

톡, 톡, 톡.

생강나무가 가장 먼저 꽃망울을 터뜨렸다. 산수유나무도 꽃향기를 흘리기 시작했다. 얼어붙었던 골짜기에서도 물 흐르는 소리가 점점 커졌다.

참으로 길고도 무서운 겨울이었다. 눈보라는 매서웠고, 추위도 생각 이상으로 견디기가 어려웠다. 아주 추운 날은 물관들이 다 얼어붙고 껍질이 군데군데 터졌다. 겨울잠에 들었더라면 별로 느끼지 못했을 그 고통을 밝은솔은 고스란히 겪었다.

햇빛숨쉬기 덕분인지 처음엔 겨울 추위도 견딜 만했다. 햇빛이 늘 온몸에 감도는 듯하니 추위가 느껴지지 않았다. 햇빛숨쉬기를 할수록 참빛의 느낌은 힘차고도 부드러워졌다. 그렇게 겨우내 햇빛숨쉬기를 하면 뭔가 될 것만 같았다.

그런데 눈이 내려 꽁꽁 얼어붙자 추위는 더욱 심하게 느껴졌다. 눈보라가 몰아치면 가지가 뚝뚝 부러져 나갔다. 너무 추우니 참빛은 느낌조차 찾을 수 없었다. 그렇다고 뒤늦게 잠에 들려니 그것도 되지 않았다. 하는 수 없이 햇빛숨쉬기에 매달렸다. 그러나 햇빛숨쉬기를 하면 할수록 가지와 이파리가 메말라 갔다.

주목나무는 밝은솔의 상태를 단번에 알아보았다.

"큰일 났구나. 이파리에만 머물러야 하는 햇빛 기운이 몸통과 가지에 가득 차 버렸어."

주목나무는 걱정 가득한 냄새를 풍겼다.

"성급한 욕심이 화를 자초했구나. 그러게 겨울엔 쉬고 새봄에 기운을 채워서 하라니까. 아무래도 내가 너무 일찍 햇빛숨쉬기를 가르쳤나 보다. 아직 어린 너한테……."

"어떻게 하죠?"

밝은솔이 맥없이 말했다. 뿌리는 땅속의 영양분과 물을 제대로 빨아들이지 못했다. 누렇게 시든 이파리는 바람이 불지 않아도 후드득 떨어졌다. 이제 태양을 바라보는 것도 지겹고 겁이 났다. 밝은솔은 그만 모든 걸 포기하고 싶었다.

"길은 두 가지야. 햇빛숨쉬기를 계속하든가, 그만두든가."

주먹나무의 말에 밝은솔이 힘없이 물었다.

"그러면 어떻게 되는데요?"

"그만두면 병든 채로 간당간당 살아가는 거고, 햇빛숨쉬기를 계속해서 빛의 옹달샘을 찾고 거기에 빨간 구슬이 생기면 치료된단다."

"빨간 구슬, 그게 뭔데요?"

처음 듣는 말에 밝은솔은 호기심이 다시 일었다.

"빛의 옹달샘에 참빛을 계속 모으면 아침 해처럼 빨간 구슬이 생긴단다. 바로 황금나무의 씨앗이지."

"빨간 구슬? 황금나무의 씨앗?"

밝은솔은 물관들이 다시 올록볼록 움직이는 걸 느꼈다. 뿌리골무 어딘가에서 빛의 옹달샘이 환하게 빛을 터뜨리며 끌어당기는 것 같았다.

실은 밝은솔은 딱 한 번 빛의 옹달샘을 느꼈다. 매우 추운 날, 햇빛숨쉬기에 깊이 들어갔다. 참빛이 물관을 따라 깊이 내려왔다. 그리고 뿌리 근처에 이르자 어느 순간 동그라미가 느껴졌다. 몽글몽글한 기운이 뿌리골무에 뭉쳐져 뱅글뱅글 돌았다. 순간 찌릿해지더니 온몸이 환해지며 새털구름처럼 가벼워졌다. 고대 뭔가가 될 것만 같았다.

그 맛에 밝은솔은 더욱 열심히 햇빛숨쉬기를 했다. 뿌리골무에 마음을 집중하여 빛의 옹달샘을 느끼려고 애썼다. 하지만 빛의 옹달샘은 그 뒤로 다시는 느껴지지 않았다. 밝은솔은 다시 그 느낌을 찾으려고 갖은 애를 썼다. 그러다가 겨울을 꼬박 넘겼고, 봄이 왔을 때는 이미 몸이 망가진 상태였다. 하지만 이대로 그만둘 수는 없었다.

"좋아요. 계속하겠어요."

밝은솔은 다시 마음을 다지고 태양을 바라보았다.


마침내 은행나무가 겨울잠에서 깨어났다. 은행나무는 동산에 있는 나무들 가운데 가장 늦게 새잎을 내밀었다. 그가 긴 잠에서 깨어나면 밝은누리는 이미 봄이 무르익은 상태였다. 은행나무는 잎이 질 때도 사흘 만에 깨끗이 지고, 새잎을 내밀 때도 며칠 사이에 수많은 잎사귀를 내밀며 강한 냄새를 피웠다. 그리고 즉시 겨우내 무슨 변화가 없었는지 주변을

살피곤 했다.

밝은솔은 몸 상태도 기분도 엉망이었다. 새순이 제대로 나지 않아 송홧가루도 없고, 이파리는 시들고 수액이 부족하여 솔향기조차 제대로 풍기지 못했다. 밝은솔의 상태를 감추고자 주목나무는 냄새를 강하게 피웠지만, 결국 염려하던 일은 터지고 말았다.

사흘을 잇따라 비가 내린 다음 날이었다. 동산에는 꽃향기가 사라지고, 풋풋한 풀향기만 가득했다. 이런 때에는 나무들이 저마다 뿜어내는 향기 가운데 솔향이 특히 강하기 마련이었다. 그런데 솔향기가 느껴지지 않자 은행나무가 낌새를 알아차렸다.

"네 이놈, 밝은솔!"

은행나무가 비릿한 냄새를 강하게 퍼뜨렸다.

"네 꼬락서니를 보니 햇빛숨쉬기로 병을 얻은 게 틀림없다. 그렇지!"

밝은솔은 아무런 대꾸도 하지 못했다. 문득 물관의 흐름이 몽땅 멎어 버린 것만 같았다.

"주목나무가 대답해 보시오! 햇빛숨쉬기를 가르쳤지요?"

주목나무도 가지를 파르르 떨었다.

동산의 나무들이 모두 이파리를 곤두세우며 바라보았다.

"그토록 금지했건만 결국 철딱서니 없는 나무 하나 말라 죽게 생겼군. 금기를 어겼으니 용서할 수 없다."

은행나무의 성난 냄새가 동산을 가득 메웠다.

"주목나무 님은 아무 잘못 없어요. 제가 그냥 혼자서 한 거예요."

밝은솔이 둘러대자 노간주나무가 뾰쪽한 이파리로 찌르듯이 말했다.

"말도 안 되는 소리. 솔방울도 하나 매달아 본 적이 없는 어린 네가 어찌 햇빛숨쉬기를 알아? 틀림없이 주목나무가 가르쳐 주었겠지."

가문비나무와 벗나무도 비슷한 냄새를 풍겼다. 그러자 주목나무가 담담하게 대꾸했다.

"그렇소. 내가 밝은솔에게 햇빛숨쉬기와 위대한 나무에 대해 알려 주었소."

주목나무는 모든 걸 털어놓기로 작정한 것 같았다.

"나는 칠백 년을 넘게 살았소. 나무는 위대하다고 늘 노래하지만 나는 그동안 정말 나무가 위대한지 확신할 수가 없었소. 진실로 위대해지려면 위대한 나무가 되어야 하오. 밝은솔은 우리의……."

은행나무가 강한 냄새를 내뿜어 주목나무의 말꼬리를 지
워 버렸다.

"그게 얼마나 위험한지 지금 밝은솔의 꼬락서니가 증명하
지 않는가. 저대로라면 그냥 놔둬도 이번 겨울을 넘기지 못
할 거야. 위대한 나무 이야기는 전설일 뿐, 이룰 수 없는 일
이라고!"

은행나무의 태도는 험악했다. 주목나무를 존중해 주던 태
도는 온데간데없었다.

"물론 위험은 따르지만 언젠가는 해야만 할 일이오. 우리
는 불이 나면 잿더미가 되고, 나무꾼에게 힘없이 꺾이는 나
무일 뿐이오. 각자 황금나무를 찾는 것만이 진실로 우리가
위대해지는 길이에요. 밝은솔은 그걸 이룰 우리의 희망이오.
나는 그 희망에 내가 살아온 칠백 년 세월을 걸었어요. 부디
밝은솔이 마음 편히 햇빛숨쉬기를 하게 허락해 주십시오."

주목나무의 말에 밝은솔은 뿌리까지 움찔하였다. 절대로
주목나무의 기대를 저버리지 말아야겠다고 다짐했다. 하지
만 다른 나무는 누구도 이해하려 들지 않았다. 은행나무는
단호했다.

"예외는 없다. 하나를 허락하면 여기저기서 덩달아 햇빛숨쉬기를 할 것이고, 그랬다가는 우리 밝은누리는 황무지가 되고 말 것이다. 햇빛숨쉬기를 계속하겠다면 나는 동산의 우두머리로서 물길을 끊을 수밖에 없다. 자, 어떻게 할 테냐?"

주목나무는 밝은솔의 결정에 따르겠다는 듯 밝은솔을 바라보았다.

"저는 이대로 살아도 오래 살지 못해요. 병든 몸을 고치기 위해서라도 햇빛숨쉬기를 멈출 수 없다고요!"

밝은솔이 온 힘을 다해 냄새를 피웠다.

그러자 은행나무가 선고를 내렸다.

"주목나무와 밝은솔은 이번 여름 땡볕에 말라 죽게 될 것이다."

# 빛의 옹달샘

• • •

밝은솔은 몸이 바짝바짝 말랐다. 시들어 가는 이파리를 매단 채 숨은 점점 약해져 갔다. 햇빛 기운이 잔뿌리까지 퍼진 것 같았다.

주목나무도 마찬가지였다. 우듬지가 갈색으로 변하더니 이파리들을 맥없이 떨어뜨렸다. 불그레한 껍질은 회색으로 변하고, 가지는 비틀리고 몸통은 쩍쩍 갈라졌다.

주목나무와 밝은솔이 뿌리박은 땅은 모래밭처럼 메말라 버렸다. 벚나무와 노간주나무를 비롯한 주변의 나무들이 물기를 죄다 끌어간 때문이었다. 물론 은행나무의 명령에 따른 일이었다. 주목나무와 친한 향나무도 그럴 수밖에 없었다.

은행나무가 땅속 큰 물줄기를 끊거나 방향을 바꾸어 버리면
밝은솔 주변의 나무는 다 말라 죽을 테니까.

"이제 더 버티기 어렵겠구나. 마지막 수단을 써야겠다."

주목나무가 간신히 숨을 쉬며 옅은 향기를 내뿜었다.

"밝은솔아, 잔뿌리를 내 뿌리에 대거라."

밝은솔이 깜짝 놀라 이파리를 후드득 떨어뜨렸다.

"안 돼요, 그건. 장마철까지만 버티면 살 수 있을 거예요.
힘내세요."

"아냐. 그 전에 먼저 우리 둘 다 말라 죽게 돼. 나는 죽어도
얼마간은 수액이 남아 있을 거야. 너는 내 몸에 뿌리를 대고
이번 여름을 이겨 내거라. 그래서 빛의 옹달샘을 찾아 빨간
구슬을 얻으면 다시 푸르게 될 거야."

찌르르, 마른 물관에 헛기운이 감돌았다. 밝은솔은 슬프고
도 아픈 향기를 풍겼다.

"그럴 순 없어요. 저 때문에 벌을 받은 건데, 어떻게……."

"그러니까 네가 책임져야지."

"그게 무슨 말씀이에요?"

주목나무가 잠시 숨을 고르다가 대답했다.

"주목나무는 '살아 천 년 죽어 천 년'이라고 한다. 아직 천

년을 못 살았지만, 이대로 삼백 년쯤 더 산다고 내가 달라질
건 아무것도 없어. 오직 희망은 네가 황금나무가 되어 나를
살리는 것뿐이야."

"제가 황금나무가 된다고 주목나무 님을 살릴 수 있을까
요?"

주목나무가 옅은 웃음을 흘렸다.

"후훗, 주목나무는 죽어서도 천 년 동안 영혼이 몸통을 떠
나지 않아. 깊은 잠에 빠질 뿐이지. 네가 황금나무가 되어 그
빛을 비추면 잠에서 깰 수 있단다."

밝은솔은 망설임 없이 대답했다.

"좋아요. 꼭 황금나무가 되어 깨워 드릴게요."

"고맙다. 그럼 뿌리를 내게로 뻗치렴."

밝은솔은 뿌리의 방향을 주목나무에게로 바꾸기로 작정했
다. 꼼지락꼼지락, 잔뿌리부터 아주 천천히 방향을 옮겼다.


"에구, 저 녀석 이제 곧 죽을 모양이네."

가문비나무가 말했다.

뿌리의 방향이 바뀌니 밝은솔은 가지와 몸통도 비틀어졌
다. 가뜩이나 작고 못생긴 밝은솔은 더욱 볼품없이 되고 말

았다.

"자신의 어리석은 욕심 탓이지 뭐. 햇빛숨쉬기인지 뭔지 했다가는 누구나 저렇게 될걸. 만날 헛꿈이나 꾸고는 떠들어대더니, 잘코사니다!"

벚나무가 대놓고 빈정거렸다.

겉모습과는 반대로 밝은솔은 기운을 되찾아 가는 중이었다. 주목나무의 수액은 아주 맛있었다. 비록 몸통은 더 꼬부라졌지만 밝은솔의 이파리엔 차차 생기가 돌기 시작했다.

그런 어느 순간부터 다시 참빛의 느낌이 찾아왔다. 묵직하고 서늘한 기운이 몸속으로 파고들기 시작했다. 그 기운이 비틀어지고 꼬부라진 곳을 뚫으며 뿌리 쪽으로 천천히 내려갔다.

주목나무는 빠르게 말라 갔다. 갈라진 몸통의 구멍이 더 커지고 잔가지는 맥없이 바스러졌다. 이미 이파리는 누렇게 되어 거의 다 떨어졌다. 맨 아래쪽 조그만 가지에만 남은 한 줌의 이파리로 간신히 냄새를 피울 뿐이었다.

"밝은솔아, 서둘지 마라. 욕심을 내면 안 돼. 실은 나도 빨간 구슬을 보았단다. 거기서 마치 황금나무가 된 줄 알고 자만해 버렸지. 그래서 실패했어."

밝은솔은 주목나무의 말을 뿌리 깊이 새겼다.

"감사해야 해. 하늘과 바람과 저 별빛에게도. 다른 모든 생명붙이가 있기에 우리도 있는 거란다."

한밤에 주목나무가 속삭였다. 밝은솔은 그대로 따랐다. 어쩌다 날아와 앉아 가지를 휘청거리게 하는 비둘기에게도 고마운 향기를 풍겨 주었다.

그러던 어느 날이었다.

뿌리 쪽이 밝아지는 게 느껴졌다. 물관과 나란히 난 빛관이 뿌리까지 다다른 것이었다. 그러자 뿌리골무 한가운데에 참빛이 가득 찬 우물이 있는 게 느껴졌다. 빛의 옹달샘, 바로 그것이었다. 밝은솔은 조용히 주목나무에게 말했다.

"빛의 옹달샘이 뿌리골무 한가운데 있네요. 묵직하고 서늘하고 밝은 기운이 뿌리에 꽉 찬 것 같아요."

주목나무가 기쁨에 잠깐 짙은 향기를 풍겼다.

"너의 향내가 들뜨지 않는 걸 보니 이제 믿어도 되겠구나. 그걸 느끼려고 애쓰지 말고 무심하게 계속 햇빛숨쉬기에 집중하렴."

바람이 불지 않는데도 주목나무의 이파리가 하나 둘 떨어지기 시작했다.

“밝은솔아, 부탁이, 있다.”

“말씀하세요.”

“네가, 황금나무가, 되거든…… 가장 먼저, 그 빛을, 나에게 비춰 주렴. 나도, 위대한 나무가…… 되고, 싶, 단, 다…… 아, 안, 녕…….”

주목나무는 마지막 이파리를 떨어뜨리고는 긴긴 잠에 빠져 들었다.

# 빨간 구슬

• • •

한 해가 지나 다시 봄이 되고, 여름이 되었다.

"거참 이상하지? 주목나무는 벌써 작년에 죽었는데, 비쩍
마른 밝은솔이 아직 버티니 말이야."

노간주나무의 말에 벚나무가 대꾸했다.

"흥, 그래 봤자 이 더위에 며칠이나 더 가겠어? 곧 시들어
버리겠지."

은행나무는 기분 나쁜 냄새를 뿜어냈다. 밝은솔이 하루 빨
리 말라 버리지 않는 것이 은행나무를 더욱 화나게 만드는가
보았다.

간신히 버티고는 있지만, 실은 밝은솔은 막바지에 다다랐

다. 주목나무의 몸통과 뿌리에 남은 수액도 바닥이 났다. 땅은 바싹 말랐고, 뿌리가 닿는 어디에도 물줄기는 없었다. 그런데도 시들어 버리지 않는 게 밝은솔 스스로 생각해도 신기했다.

이른 새벽, 밝은솔의 이파리에 이슬이 대롱대롱 매달렸다. 밝은솔은 이파리의 이슬들을 가지와 몸통으로 남김없이 빨아들였다. 안개와 더불어 이슬만이 밝은솔의 양식이었다.

먼 바다와 하늘에 푸른빛이 감돌았다. 동이 트는 중이었다. 서서히 붉은 기운이 짙어지는 풍경을 바라보며 밝은솔은 햇빛숨쉬기에 들어갔다.

여느 날보다 빛의 옹달샘이 강하게 느껴졌다. 이미 빛관은 물관만큼이나 굵어져 참빛이 물처럼 자연스럽게 들어왔다. 빛의 옹달샘이 환해지는 느낌이 들었다. 동이 트듯이 점점 환해졌다. 단지 느껴지는 것만이 아니었다. 어느 순간, 빛의 옹달샘이 희미하게 보였다.

'아, 비로소 마음의 눈이 떠지는구나!'

밝은솔은 차분히 햇빛숨쉬기를 계속했다.

빛의 옹달샘이 점점 더 밝고 분명해졌다. 옹달샘 가운데 하얀 빛무리가 뭉치더니 서서히 움직이기 시작했다. 소용돌

이였다. 밝은솔은 더욱 햇빛숨쉬기에 집중했다. 빛은 점점 더 강해졌다. 소용돌이도 거세졌다.

'어?'

옹달샘의 색깔이 변하기 시작했다. 주황색에서 붉은색으로 물들어 갔다. 소용돌이를 일으키던 빛무리 가운데서 투명한 씨알 하나가 나타났다. 빛의 옹달샘 가장 깊은 곳에서 태어난 듯한 씨알은 강한 빛을 터뜨리며 빛의 관을 타고 솟아올랐다.

밝은솔은 빛의 옹달샘에 더욱 집중하며 깊은 햇빛숨쉬기를 이어 갔다.

우듬지까지 치솟은 씨알은 점점 강한 빛을 내며 뜨거워졌다. 그 열기를 식히려는 걸까. 하늘에서 차가운 기운이 내려오기 시작했다. 찬 기운은 뜨거운 빛무리에 섞여 들었다. 소용돌이는 더욱 강해졌다.

어느 순간 씨알은 회전을 멈추더니 미끄러지듯이 아래로 떨어져 빛의 옹달샘에 박혔다. 그러자 옹달샘이 다시 환해지며 그곳에 지금껏 보지 못했던 물체가 모습을 드러냈다.

"아, 저것은!"

빛의 옹달샘 한가운데 박힌 그것은 빨간 구슬이었다.

놀란 밝은솔의 뿌리가 들썩 움직였다. 그러자 빨간 구슬도 들썩하였다.

'침착해야 한다. 들뜨지 말아야 해.'

밝은솔은 빛의 옹달샘에서 마음의 눈을 떴다. 잎눈을 뜨고 주위를 둘러보았다.

이미 한낮이었다. 수평선 위로 한참이나 떠오른 태양이 따가운 빛살을 쏘아 댔다. 오늘도 무척이나 더울 것 같았다.

"주목나무 님, 드디어 빨간 구슬을 찾았어요. 기쁘시죠?"

밝은솔은 바짝 말라 버린 주목나무를 향해 옅은 솔향을 내뿜었다. 지금까지 없었던 새 힘이 솟았다. 온몸이 가뿐해지고 세찬 기운이 가지와 이파리 낱낱이 퍼지기 시작했다.

# 네 속의 나

•  •  •

다시 한 해가 흘렀고, 가을이 되었다.

가문비나무가 삼백 살이 넘은 향나무에게 물었다.

"고것 참 신기하죠. 여름 땡볕에 말라 죽어도 세 번은 죽었어야 할 녀석이 봄비 맞은 듯 싱싱하기만 하니 말이에요. 어째서 그럴까요?"

"그게 나도 이해가 안 돼."

향나무의 냄새에도 의문이 가득했다.

"정말 햇빛숨쉬기가 신비한 힘을 주는 건 아닐까요?"

가문비나무가 다시 묻자 노간주나무가 신경질을 부렸다.

"신비한 힘이라니, 그게 무슨 얼빠진 소리야? 저 녀석 때문에 우리가 죽을 맛인데."

벚나무의 냄새는 더욱 고약했다.

"흥, 그래 봤자 이번 겨울에 결딴나고 말겠지. 다시 봄이
와도 솔잎 하나 새로 나지 않을걸. 아니, 봄이 오기도 전에
얼어 죽고 말걸."

나무들이 점점 소란을 떨자 향나무가 진정시키고 나섰다.

"아서라. 은행나무가 알면 우리도 위험해."

나무들이 모두 움찔하며 냄새 피우기를 그쳤다.

밝은솔 근처에 선 나무들은 불안감에 휩싸였다. 밝은솔은
싱싱한데 오히려 그들이 시들시들해진 탓이었다. 은행나무
는 땅속 깊은 곳의 물줄기를 막은 채 빨리 밝은솔을 죽이라
고 다그쳤다.

그런 와중에도 밝은솔은 꾸준히 햇빛숨쉬기에 몰두했다.
빨간 구슬이 생긴 다음에도 적당한 수분과 땅의 영양분과 햇
빛은 여전히 필요했다. 밝은솔은 이슬과 안개와 허공 중의
습기까지 쪽쪽 잘도 빨아들였다. 빨간 구슬이 생기고부터 빨
아들이기도 훨씬 수월했다. 비록 수분의 양은 적었지만 온몸
구석구석으로 잘 퍼졌다. 몸의 모든 물관을 따라 빛의 관이
뚫렸다. 그러자 밝은솔은 늘 푸르고 기운이 넘쳤다. 하지만

어떤 변화가 일어날지는 밝은솔도 감히 짐작할 수 없었다.
그저 성심껏 햇빛숨쉬기를 하며 변화를 지켜볼 뿐이었다.

동산의 모든 나무들이 겨울잠에 빠졌다.
며칠째 해가 보이지 않더니 하늘은 눈을 뿌리기 시작했다.
그러던 어느 순간, 골짜기에서 몰려온 돌개바람이 동산을
휘감았다. 쩌억! 딱! 쿵! 여기저기서 생가지가 꺾이고 휙 날
아가 떨어졌다. 겨울잠에 빠진 나무들은 제대로 비명도 못
지르고 당했다.
밝은솔의 가지도 고대 꺾일 듯이 흔들렸다. 바늘처럼 얼어
붙은 이파리들은 빠지직 소리를 내며 바스러져 버릴 것만 같
았다. 몸이 고되니 햇빛숨쉬기도 제대로 되지 않았다. 빛의
옹달샘과 빨간 구슬도 구름에 가린 듯 보이지 않았다. 그러
니 추위와 바람을 견디기가 더욱 어려웠다.
'태양은 구름 뒤에도 있어. 태양이 보이지 않아도 참빛은
하늘땅 사이에 가득 차 있어.'
밝은솔은 마음을 다잡고 햇빛숨쉬기에 들어갔다. 막힌 듯
하던 빛관이 서서히 열렸다. 더욱 깊이 몰입하자 마침내 빛
의 옹달샘이 나타났다. 빛무리 가운데서 빨간 구슬이 빛났

다. 집중력을 흩뜨리는 눈보라에도 끄떡없었다.

　피유우웅!

　싸늘하고도 요란한 바람이 불어 닥쳤다. 동산은 삽시간에 얼어붙을 듯이 추워졌다.

　서걱서걱 눈 밟는 소리가 났다. 거대한 발자국이 쿡쿡 찍혔다. 무언가가 다가와 밝은솔 앞에 우뚝 멈추었다.

　"헉!"

　밝은솔은 깜짝 놀랐다. 빨간 구슬이 들썩했다. 나무꾼을 닮은 괴물이 앞에 서 있었다. 온몸은 얼음인데, 머리에는 뿔이 달렸고 한 손에는 얼음 도끼를 움켜쥐고 있었다.

　괴물은 우악스런 고함을 지르며 도끼를 휘둘렀다. 동산의 나무들이 후드득 가지를 떨어뜨렸다.

　밝은솔이 소리쳤다.

　"너는 누군데 나무들을 마구 해치는 거냐?"

　"나는 동장군이다. 겨울에 잠들지 않는 것은 다 죽인다. 그 괴상한 짓거리를 멈추고 어서 빨리 겨울잠에 들지 못할까!"

　천둥 같은 고함이 쩌렁쩌렁 울렸다.

　"멈출 수 없어. 나는 아무것도 무섭지 않아."

　"조그만 놈이 겁도 없구나. 네가 감히 황금나무가 되겠다고? 어디 견뎌 보아라!"

동장군이 동굴 같은 입을 벌리고 바람을 내뿜었다. 거센 눈보라가 몰아쳤다. 밝은솔은 뿌리째 뽑히거나 찢어져 버릴 것만 같았다.

"눈보라 따위에 굴복하진 않아!"

밝은솔은 햇빛숨쉬기에 더욱 몰입했다.

"목숨만은 살려 주려고 했더니 안 되겠구나."

동장군의 도끼가 하늘에 닿을 듯이 올라갔다. '섻' 하는 칼바람과 함께 도끼가 허공을 갈랐다. 얼음과 돌가루가 함께 튀었다. 바위가 깨지고 바위에 드러났던 밝은솔의 뿌리 한 줄기가 싹둑 잘렸다.

"이젠 마지막이다!"

동장군의 도끼가 정확히 몸통을 향했다.

밝은솔은 동장군을 무시했다. 그리고 자기 속의 빨간 구슬만 바라보며 햇빛숨쉬기에 전념했다. 구슬의 빛이 강해지더니 한 줄기 빛이 구슬에서 튀어나와 밝은솔의 몸을 꿰뚫고 나갔다. 그 빛을 맞은 동장군은 소리도 없이 사라져 버렸다.

"땅에서 보이는 모든 건 허깨비다. 나는 하늘이다!"

밝은솔 안에서 큰 울림이 울렸다. 마치 빨간 구슬이 소리친 듯했다. 밝은솔은 구슬 속으로 들어갈 듯이 구슬만 바라보며 참빛을 들이마셨다. 구슬은 열기를 띠며 강한 빛을 내뿜더니 어느 순간 두 쪽으로 쩍 갈라졌다. 순간 강한 빛이 튀어나왔다.

밝은솔은 잠시 마음의 눈을 감았다가 천천히 떴다.

"아, 저것은!"

쪼개진 빨간 구슬은 황금빛 타원형으로 변하더니, 이를 떡잎으로 삼은 아기 소나무가 모습을 드러냈다. 가지와 뿌리와 줄기가 모두 황금색이었다.

"오, 황금나무여! 내 속의 나여!"

온몸의 모든 물관이 한꺼번에 도는 듯이 찌르르했다.


고요히 바라볼수록

나이테를 그리며 커지는 옹달샘에는

시나브로 황금빛 떡잎이 자란다네


밝은솔은 고요히 노래를 불렀다.

구름 사이로 햇빛이 터져 나와 밝은솔을 오롯이 비추었다.

# 황금나무

• • •

"아니, 아직도!"

겨울잠에서 깬 밝은누리 나무들이 짜증스러운 냄새를 토해 냈다.

"어유, 은행나무가 깨면 모두를 잡으려고 하겠군. 밝은솔이 지난해보다 더욱 싱싱하니 말이야."

"저 녀석 햇빛숨쉬기란 걸 해서 신통력이라도 생긴 거 아냐? 그렇지 않고서야 어떻게 저렇게 멀쩡해."

이제 막 꽃잎이나 새 잎눈을 내민 나무들이 저마다 한마디씩 던졌다.

향나무가 물었다.

"너 정말 괜찮은 거야? 혹시 네 뿌리 밑에 샘물이라도 솟
는 거 아냐?"

'맞아요. 내 속엔 영원히 마르지 않는 빛의 옹달샘이 있어
요. 거기서 나의 황금나무가 자라고 있답니다. 여러분도 자
신의 하늘 모습을 찾으세요.'

밝은솔은 이렇게 말하고 싶은 걸 꾹 참았다. 자신의 말을
믿어 줄 나무도 없거니와 증명할 길이 없었다. 황금나무를
찾았다고 해서 달라진 건 아무것도 없었기 때문이다.

어린 황금나무는 아주 조금씩 자랐다. 햇빛숨쉬기를 하면
참빛이 빛관을 타고 내려와 황금나무에게로 빨려 들어갔다.
이 참빛을 받으며 황금나무는 무럭무럭 자랐다. 새들이 둥지
에서 새끼에게 먹이를 물어다 주며 키우듯이 밝은솔은 어린
황금나무를 키웠다.

이윽고 은행나무가 겨울잠에서 깨어났다. 눈을 뜨자마자
신경질적으로 비릿한 냄새를 퍼뜨렸다.

"못난 것들, 그깟 조그만 소나무 하나 해치우지 못하다니!
이 봄이 가기 전에 밝은솔을 해치우지 못하면 너희들 모두
말라 죽을 것이다!"

은행나무는 동산의 모든 나무들에게 명령했다. 밝은솔의

주변에 있는 나무들까지 말라 죽어도 좋으니 그쪽의 물기를 다 빨아들이라는 것이었다.

"이 나쁜 놈아. 네가 어서 죽어야 우리가 살잖아. 이상한 짓 그만하고 어서 이파리를 떨어뜨리란 말이야!"

벗나무가 채 피우지도 못하고 시들어 버린 꽃잎을 흩날리며 말했다. 노간주나무와 향나무도 밝은솔이 어서 사라져 주기를 바라는 냄새를 피웠다.

밝은솔은 그들에게 미안했다. 하지만 햇빛숨쉬기를 멈출 수는 없었다.


가을 무렵, 어린 황금나무는 점점 자라 밝은솔과 비슷한 모습이 되었다. 마치 작은 밝은솔 같았다. 그런 황금나무를 바라보니 대견하면서도 한편 무척 안쓰러운 생각이 들었다.

'너무 많이 비틀리고 구부러졌어. 곧게 펴졌으면 좋겠어.'

다음 순간 놀라운 일이 벌어졌다. 황금나무가 서서히 굽은 몸통을 펴더니 비틀어진 가지를 바로잡았다. 적당히 부드러운 곡선이 흐르는 멋진 나무가 되었다.

'어, 내 마음대로 움직이네. 그럼 가지를 흔들어 볼까.'

이렇게 생각하는 순간 황금나무는 가지를 흔들었다. 밝은솔은 흥분하기 시작했다. 꿈꾸던 일이 이루어질 것만 같았다. 밝은솔은 확신을 품고 명했다.

'빛의 옹달샘에서 빠져나와!'

말이 떨어지자마자 황금나무는 옹달샘에서 뿌리를 뺐다. 마치 땅에서 나오는 것 같았다. 다섯 개의 큰 뿌리가 드러나자 황금나무는 잠시 비틀거렸으나 곧 균형을 잡았다. 뿌리까지 나온 황금나무는 이제 너무 커서 몸속에서 키울 수 없을 것 같았다.

'나오라!'

밝은솔이 마음으로 명을 내리자 황금나무는 천천히 빛의 관을 타고 떠올랐다. 그러더니 어느 순간 밝은솔의 우듬지로 빠져나가 허공에 떠올랐다.

'내려오라!'

다시 명을 내리자 황금나무는 천천히 내려와서 밝은솔과 마주 섰다.

'오오, 나와 마주 선 나의 하늘 모습이여!'

밝은솔은 잠시 감격에 젖어 황금나무를 바라보기만 했다. 그런데 밖에 내놓고 보니 황금나무는 여전히 작은 소나무에 지나지 않았다.

'이제 어떻게 하나?'

잠시 고민하던 밝은솔은 햇빛숨쉬기를 했다. 사방에서 참빛이 파도처럼 몰려들었다. 밝은솔은 참빛을 빛의 옹달샘으로 빨아들였다. 옹달샘에 가득해진 참빛 덩어리에서 한 줄기 빛이 나와 황금나무에게로 이어졌다. 그 빛을 받은 황금나무는 더욱 환히 빛났다. 그렇게 황금나무는 튼튼하게 자라났다.

다시 봄이 되었을 때 황금나무는 밝은솔과 비슷한 크기가 되었다. 그러자 더는 빛의 옹달샘에서 참빛을 전해 줄 필요가 없었다. 어느 순간 빛의 옹달샘으로 이어진 빛의 관이 사라지더니 참빛이 하늘에서 바로 황금나무에게로 쏟아져 내렸다.

그때부터 놀라운 일이 벌어졌다. 밝은솔이 햇빛숨쉬기를 하면 황금나무가 스스로 햇빛숨쉬기를 하는 것이었다. 마치 먹이만 받아먹던 둥지 속의 새가 스스로 먹이를 찾아 먹는 것 같았다.

어느 날 밝은솔이 마음속으로 말했다.

'나의 황금나무야, 걸어 보렴.'

황금나무는 조심조심 뿌리를 움직여 걷기 시작했다. 처음

에는 비틀거렸지만 곧 균형을 잡고 제법 잘 걸었다. 밝은솔은 황금나무를 동산의 모든 나무들 곁에 다녀오도록 했다. 황금나무는 다른 나무들을 툭툭 건드려 보기도 했다. 하지만 아무도 황금나무의 존재를 눈치 채지 못했다.

밝은솔은 황금나무를 점점 더 먼 곳까지 다녀오게 했다. 신기한 일이었다. 황금나무가 높은 곳에 올라가면 마치 밝은솔이 거기에 간 것 같았다. 높은 곳의 풍경과 그곳에 부는 바람이 느껴졌다.

황금나무가 잘 걷자 밝은솔의 마음은 더 먼 곳을 향했다.

'새처럼 날아 보렴.'

황금나무는 뿌리로 땅을 박차더니 공중으로 치솟았다. 새와 나란히 날 수 있었다.

'바다로 가자!'

황금나무는 순식간에 바다 위에 다다랐다. 갈매기 소리와 파도 소리가 곁에서 듣는 듯 생생했다. 가지 하나를 슬쩍 바닷물에 담가 보니 차가운 느낌이 그대로 전해졌다. 황금나무는 완전히 밝은솔이 마음먹은 대로 움직였다. 뿐만 아니라 황금나무가 보고 느끼는 걸 밝은솔은 제자리에 붙박여 있으면서도 그대로 보고 느낄 수 있었다. 황금나무와 밝은솔은 완전한 하나였다. 마침내 밝은솔은 자신이 모든 걸 이루었다고 굳게 믿었다.

밝은솔은 자기도 모르게 강한 냄새를 터뜨리며 외쳤다.

"만세! 드디어 황금나무가 되었다! 만세! 밝은솔 만세!"

"이게 무슨 냄새야?"

"새파란 이파리를 가지고 무슨 황금나무란 말이야?"

"한동안 조용하더니 또 헛꿈을 꾸었나?"

나무들이 빈정거리는 냄새를 피웠다.

"드디어 네 녀석이 미치고 말았구나."

은행나무였다. 다른 나무들도 비웃는 냄새를 풍겨 댔다. 가문비나무조차 생뚱스럽다는 향기를 풍겼다.

향나무는 사뭇 겁에 질린 냄새를 피워 냈다.

"함부로 떠들지 마라. 지금 우리는 너 때문에 모두 위험에 빠져 있어."

"무슨 말이에요? 위험하다니?"

"뿌리 앞까지 다가온 칡넝쿨과 가시덤불이 안 보이니?"

그랬다. 여느 해와 달리 칡넝쿨과 가시덤불이 유난히 많이 자라 다가오는 중이었다.

"은행나무의 수작이야. 물길을 막는 것으로 안 되니까 저 녀석들을 이용하려는 거야. 저 녀석들은 한번 뻗쳐 오면 주변의 모든 나무들을 다 휘감아 버린단 말이야."

향나무가 가지를 부르르 떨었다.

"걱정 마세요. 새처럼 날아가 버리면 되니까."

밝은솔은 황금나무를 바라보았다. 이제 의식만 집중하면 바로 황금나무가 보였다.

'하나가 되자!'

밝은솔이 마음속으로 명령하자 황금나무는 안개가 스며들 듯이 그대로 밝은솔의 몸속으로 들어왔다. 밝은솔의 이파리와 몸통에서 은은한 빛이 났다. 밝은솔은 자신이 완전히 황금나무가 되었다고 믿었다.

"자, 모두들 잘 보세요. 황금나무가 된 밝은솔이 어떻게 움직이는지."

밝은솔의 자신에 찬 말에 모두들 궁금증 어린 냄새를 피우며 눈길을 모았다.

"가지야, 휘어져라!"

밝은솔이 소리치고는 가지를 안쪽으로 굽히려 했다. 하지만 가지는 꿈쩍도 하지 않았다. 아무리 힘을 주어도 마찬가지였다.

“땅에서 나와라!”

뿌리도 말을 듣지 않았다.

벚나무가 말했다.

“완전히 미쳤군. 나무가 땅에서 뿌리를 빼면 죽기밖에 더 하겠어.”

밝은솔은 당황스러웠다.

‘황금나무가 되어도 현실에서 아무것도 할 수 없다는 말인가?’

갑자기 모든 게 허무해졌다. 그러고 보니 자신의 몸통과 이파리는 그저 싱싱한 한 그루의 소나무일 뿐이었다. 전혀 황금색이 아니었다.

‘이게 대체 꿈이야 뭐야?’

밝은솔은 답답함을 느끼며 다시 황금나무를 보려 했다. 하지만 몸속으로 들어가 버린 황금나무는 다시 나타나지 않았다. 햇빛숨쉬기를 해도 그저 캄캄하기만 했다.

“뭐야! 어디로 간 거야! 어떻게 된 거야!”

밝은솔은 신경질 가득한 고함을 버럭버럭 질렀다. 그런 밝은솔을 보고 다른 나무들은 미쳤다고 수군거렸다. 높은 곳에서 지켜보던 은행나무는 고소하다는 듯이 말했다.

"다들 보았지? 햇빛숨쉬기는 구름 위에 뿌리를 내리려는 것과 같아. 그러다가는 저렇게 미치고 말지. 누구라도 햇빛숨쉬기 흉내라도 낸다면 용서하지 않겠다!"

이렇게 소리친 다음 은행나무는 칡넝쿨과 가시덤불을 닦달했다.

"동산이 어지러워서 안 되겠어. 저 미친 소나무를 휘감아 없애 버리란 말이야!"

가시덤불과 칡넝쿨이 같은 냄새로 대답했다.

"이제 거의 다 왔어요. 며칠만 기다리세요. 저 녀석의 뿌리부터 몸통과 가지와 이파리까지 양분을 다 빨아 마셔 버릴 테니까요."

밝은솔은 이파리를 파르르 떨었다. 뿌리가 뽑혀 아득한 나락으로 떨어지는 듯했다.

# 빛을 타고 오르다

• • •

밝은솔은 맥을 놓은 채 며칠을 지냈다. 황금나무는 꼴도 보기 싫었다. 찾아보려 해도 보이지도 않았다. 몇 년 동안 긴 꿈을 꾼 듯했다.

'그 허망한 것을 위해 얼마나 애를 썼던가!'

밝은솔은 스스로가 한심스러워 견딜 수 없었다. 무언가에 단단히 홀려 속은 것만 같았다.

'어떻게 하나, 어떻게 해야 하나?'

무얼 해야 할지 감조차 잡히지 않았다. 햇빛숨쉬기도 하지 않고 아무런 생각도 하지 않았다. 그저 바람 속에 가만히 서서 솔이파리나 떨어뜨릴 뿐이었다.

"크흐흐흐, 이제야 네 녀석의 뿌리가 잡히는구나."

어느새 가시덤불이 다가와 뿌리를 건드렸다. 이제 곧 온몸을 감고 올라와 잔뿌리를 몸통과 가지에 박고는 수분과 양분을 죄다 빨아 마실 터였다.

"아아아!"

노간주나무와 가문비나무는 벌써 가시덤불에게 휘감겨 비명을 질렀다. 그들은 이따금씩 욕을 해 댔다.

"밝은솔, 이 나쁜 놈아!"

"다 너 때문이야, 너 때문!"

밝은솔의 이파리가 며칠 사이에 누렇게 변했다.

'그래, 나 때문이야. 내가 잘못했어.'

밝은솔의 이파리가 후드득 떨어졌다. 햇빛숨쉬기를 가르쳐 준 주목나무가 원망스럽기조차 했다. 밝은솔은 마침내 결심을 굳히고 은행나무를 바라보았다.

"제가 잘못했어요. 다시는 햇빛숨쉬기 따위는 안 할 테니 그만 칡넝쿨과 가시덤불을 물러가게 해 주세요."

밝은솔이 간절한 마음으로 솔향을 내뿜었다.

"어리석은 녀석아, 이미 늦었다. 가시덤불은 한번 휘감은 나무는 절대로 놔주지 않아."

은행나무는 한번 내린 결정을 바꾸는 법이 없었다.

달리 선택의 여지가 없었다. 밝은솔은 다시 햇빛숨쉬기를 시작했다. 주변의 나무들이 풍겨 내는 고약한 냄새와 욕지기를 벗어나기 위함이었다. 햇빛숨쉬기에 집중하는 동안에는 적어도 고통스런 풍경을 잊을 수 있었으니까.

간신히 참빛의 느낌이 잡혔다. 흐릿하게 빛의 옹달샘이 나타났다. 거기에 황금나무는 빛을 잃은 채 뿌리박고 있었다. 크기도 줄었고, 시들어 가는 꼬락서니가 꼭 자신 같았다.

밝은솔은 모든 것을 잊고 햇빛숨쉬기에 집중했다. 그러자 황금나무의 빛이 되살아나기 시작했다. 뿌리와 가지에도 조금씩 힘이 올랐다. 밝은솔은 더욱 햇빛숨쉬기에 집중하며 황금나무만 바라보았다. 허공에 가득한 참빛이 모든 가지와 이파리를 통해 스며들었다. 그럴수록 황금나무의 빛은 점점 밝아졌다. 축 처졌던 이파리들도 다시 꼿꼿하게 일어섰다.

다시 빛이 강해진 황금나무는 스스로 몸속에서 나와 밝은솔 앞에 섰다. 비록 자기 속에서 일어난 환상이라 하더라도 밝은솔은 햇빛숨쉬기를 멈출 수 없다고 생각했다. 어쩐지 아직 가야 할 길이 남은 느낌이었다. 황금나무가 그렇게 말하는 것 같았다.

황금나무에게로 쏟아져 들어오는 하늘의 빛이 날마다 강해졌다. 황금나무는 다시 밝은솔과 같은 크기가 되었다.

그런 어느 날이었다.

벌레가 서걱서걱 갉아 대는 소리가 났다. 온몸이 따끔거리고 아팠다.

"왁!"

밝은솔은 모든 뿌리가 들썩일 만큼 놀랐다. 셀 수도 없이 많은 불개미들이 달려들어 뿌리와 몸통을 갉아 대고 있었다. 밝은솔은 황금나무의 가지로 불개미를 털어 내려 했다. 그때 누군가가 황금나무의 뿌리와 가지를 옴짝달싹 못하게 붙잡았다.

"크흐흐, 꼼짝 마라."

거대한 황금색 불개미였다. 키가 황금나무보다도 더 컸다.

"너는 누구냐?"

"후훗, 나는 황금나무만 갉아 먹는 황금 불개미다. 실로 오랜만에 황금나무를 먹게 되었구나. 크흐흐흐."

거대한 불개미가 여섯 개의 발로 황금나무의 가지와 뿌리를 짓눌렀다. 힘이 얼마나 센지 꼼짝도 할 수 없었다. 불개미의 톱날 같은 턱이 벌어졌다. 단번에 우듬지를 자르고 몸통을 자르고 뿌리를 잘라 씹어 먹을 기세였다. 하지만 무섭지는 않았다. 밝은솔은 온몸에서 힘을 빼고 말했다.

"그래. 먹으렴. 내 몸뚱이가 좋은 밥이 된다면 얼마든지 먹으렴. 그동안 내가 얼마나 큰 욕심으로 살아왔는지 이제야 알 것 같아. 솔이파리 하나, 잔뿌리 하나까지 남김없이 먹어 치우렴."

"크흐흐흐, 그래, 고맙구나. 그렇게 고분고분해야 서로가 편하지."

이윽고 불개미가 턱을 황금나무의 우듬지에 대고 힘을 주었다. 싹둑, 잘리는 소리가 났다. 밝은솔은 개의치 않았다. 아무런 아픔도 느껴지지 않았다. 밝은솔은 모든 걸 포기하고 하늘만 바라보았다.

그때였다. 흐린 하늘 한가운데가 갈라지더니 파란 하늘이 드러났다. 거기서 한 줄기 빛이 터져 나왔다. 그 빛은 황금나무에게로 내리쪼였다. 빛을 쪼인 불개미들은 흔적도 없이 사라져 버렸다.

불개미들이 사라져도 빛줄기는 그대로였다. 땅에서 하늘 위의 하늘로 길이 열린 듯했다. 그것은 하늘로 가는 빛의 길이었다.

“하늘로 오르라!”

하늘에서 소리가 들렸다. 거역할 수 없는 위엄이 서린 빛의 소리였다.

“하늘로 가자!”

밝은솔이 말하자 황금나무는 뿌리를 빼더니 곧 빛줄기를 타고 치솟았다. 밝은솔의 의식도 황금나무를 타고 떠올랐다.

밝은솔은 가시덤불에 휘감긴 자신의 모습을 바라보며 하늘로 올라갔다. 순식간에 밝은누리가 아득하게 멀어졌다.

# 나는 나를 찾았다!

• • •

빛을 통과하자 새로운 세상이 펼쳐졌다.

아담한 동산을 이룬 싱그러운 숲이 보였다. 그 뒤로 산봉우리들이 늘어섰고, 그 위로 하늘이 투명하리만치 맑았다. 그 모든 것이 낯설지가 않았다.

"아니, 여기는 바로!"

사방을 둘러보던 밝은솔은 깜짝 놀랐다. 거기는 지상의 밝은누리랑 아주 비슷했다. 다른 게 있다면 동산 가운데 무지갯빛이 감돌고, 은은한 향기가 어린 정도였다. 아주 어릴 적, 언젠가 꿈속에서 본 풍경과도 같았다.

'아, 여기가 하늘나라인가? 착하고 아름다운 것만 사는

곳, 처음 생겨나서 다시 돌아가야 할 곳, 영원히 죽지 않는 곳, 바로 그 하늘나라!'

밝은솔은 달아오르는 설렘을 가라앉히고 차분히 생각을 정리했다.

'그렇다면 내가 죽어서 온 것인가.'

밝은솔은 가지를 구부려서 자신을 툭툭 쳐 보았다. 울림과 아픔이 느껴졌다.

'아니야. 내가 황금나무가 되어 하늘로 온 거야. 그동안 헛일을 한 게 아니었어!'

밝은솔은 동산 가운데로 천천히 걸어갔다. 그러다가 곧 걸음을 멈추었다. 숲 한가운데 하늘을 떠받친 듯 솟은 큰 나무가 선득하게 눈에 들어왔다. 바로 은행나무였다.

'하늘에는 착하고 좋은 나무만 있을 텐데, 여긴 하늘이 아니란 말인가?'

은행나무를 보자 밝은솔은 움찔 겁이 났다. 하지만 금세 그런 마음을 떨쳐 냈다. 사실 불개미나 불의 정령에 비긴다면 움직이지도 못하는 은행나무는 무서울 것도 없었다. 밝은솔은 당당히 숲 가운데를 향해 걸었다.

"어, 저기는 내 자린데?"

밝은솔은 다시 걸음을 멈추었다. 동산 동쪽 모퉁이 앞이었다. 분명히 자신의 자리인데 우람한 소나무가 뿌리를 박고 있었다. 땅에 있는 자신과는 너무도 다른 멋진 소나무였다. 놀랍게도 그 소나무가 밝은솔을 보더니 몸통과 가지를 굽혀 절을 했다.

"어서 오십시오, 나의 황금나무여!"

밝은솔이 어리둥절하여 물었다.

"당신이 바로 나란 말인가요?"

"그렇습니다. 나는 밝은솔의 하늘 모습입니다."

자신의 모습이 그토록 멋진 소나무라니, 밝은솔은 믿기지 않았다.

"그런데 땅에서 내 모습은 왜 그렇게 볼품없지요?"

"그건 스스로 선택한 일입니다. 너무 멋진 모습으로 내려가면 잘난 척 멋을 부리고 욕심을 낼까 봐 일부러 못난 모습으로 내려간 거지요. 이제 본모습과 본디 자리를 찾았으니 하나가 되세요. 그래야만 영원한 생명과 깨달음을 얻은 위대한 나무로 완성될 수 있답니다."

밝은솔은 담담하게 명령했다.

"하나가 되자!"

이렇게 마음을 먹자 곧바로 황금나무는 거대한 소나무 속으로 스며들었다. 지상의 밝은솔이 황금나무를 타고 올라와서 하늘의 밝은솔과 하나가 된 것이었다. 하나가 된 밝은솔의 몸에서 찬란한 황금빛이 터져 나왔다. 투명에 가까운 황금빛이었다.

"나는 나를 찾았다!"

밝은솔은 이 한 마디를 내뱉고 땅에서 뿌리를 빼냈다. 모든 동작은 예정된 일처럼 자연스러웠다. 그 모습을 지켜보던 나무들이 몸통을 숙여 예의를 갖추었다.

동산 한가운데는 은은한 빛으로 둘러싸여 있었다. 허공에 뜬 오색구름 방석에서 내뿜는 빛이었다. 그 빛이 밝은솔을 끌어당기는 듯했다.

나무들이 양쪽으로 늘어선 길 가운데로 밝은솔은 천천히 걸었다. 밝은솔이 지날 때면 나무들은 기뻐하며 몸통과 가지를 수그려 길을 열어 주었다. 늘 밝은솔을 구박하던 노간주나무와 벚나무도 잔뜩 몸통을 수그린 채 몸 둘 바를 몰랐다. 그들은 땅에서 보던 것과 달리 키가 아주 작아 밝은솔을 감히 우러러보지도 못했다.

나무들이 기쁨과 축하의 빛을 내뿜었다. 지상에서는 냄새로 말하지만 하늘에서는 빛으로 통했다. 그러니 오해나 거짓이 있을 수 없었다.

"어서 오소서, 위대한 황금나무여!"

은행나무가 인사를 했다. 땅에서는 그렇게 커 보이던 은행나무도 그다지 크지 않았다.

"축하드립니다. 황금나무여, 어서 위대한 나무의 자리에 오르소서."

친근한 빛이었다. 은행나무 바로 옆에는 주목나무가 서 있었다. 하늘에서는 그가 은행나무보다 더 가운데 자리에 있었다. 지상에서는 밝은솔을 깨우쳐 주기 위해 외진 곳에 뿌리 박고 오랜 세월을 기다렸다는 것도 깨달았다. 밝은솔은 주목나무와 한 약속이 생각났다. 지상의 주목나무는 깊은 잠에 빠진 채 잠을 깨워 주기를 기다리고 있을 터였다.

"기어이 이루셨군요. 저는 해낼 줄 믿었습니다. 약속대로 지상으로 내려가시면 가장 먼저 저에게 빛을 전해 주셔야 합니다."

주목나무가 밝은솔의 마음을 알아차리고 빛을 뿜어냈다.

밝은솔은 '알았어요.' 하고 마음으로 말하고는 오색구름 방석과 마주 섰다. 방석은 밝은솔의 우듬지 높이만큼 떠 있었다.

밝은솔이 은행나무와 주목나무를 차례로 보며 물었다.

"제가 저기 올라가도 되는 겁니까?"

은행나무가 대답했다.

"당연하지요. 위대한 나무가 되셨으니 거기 올라 저희 모두에게 빛을 밝혀 주십시오. 우리는 이 날을 아득한 옛날부터 기다렸답니다."

"땅에서는 당신이 나를 몹시 미워하고 괴롭히던데?"

"그건 땅의 습관과 욕심이 가득 찬 까닭입니다. 원래 우리는 다 착하고 아름답습니다. 하나의 빛에서 나온 한 생명이지요. 그러니 땅에 다시 내려가시거든 부디 저를 이끌어 주시기를 부탁드립니다."

밝은솔은 마음으로 말했다.

'올라가자.'

이렇게 마음먹은 순간 밝은솔은 오색구름 방석에 올라앉아 있었다. 그때 다시 하늘 가운데가 한 겹 열리더니 오색 빛 줄기가 쏟아졌다. 열린 하늘 사이로 빛으로 된 거대한 나무가 태양처럼 빛났다. 바로 태초의 나무였다. 박달나무, 감람나무, 보리수나무, 소나무, 백양목, 느티나무…… 오래전

위대한 나무가 된 나무들도 보였다. 그들이 모두 하나가 되어 강한 빛을 보내 주었다.

밝은솔에게로 쏟아진 오색 빛줄기가 모든 나무들에게로 퍼져 갔다.

"와아아!"

동산의 나무들이 환호하는 빛을 터뜨렸다. 나무들은 태초의 나무가 내뿜는 빛의 세례를 받고 한층 강한 빛으로 빛나며 키가 불쑥불쑥 자랐다. 나무들은 폭죽을 터뜨리듯 꽃을 피우고 열매를 맺었다. 이들이 함께 노래했다.


한 나무가 크게 깨우치니

모두가 꽃을 피우네

한 나무가 크게 빛을 내니

모두가 열매를 맺네

모든 나무가 오래오래 기다린

축복의 날이라네


밝은솔이 화답하는 노래를 터뜨렸다.

우리들 나무가

하늘을 보고 자라는 건

하늘에 뿌리내리고 싶은 까닭이라네


우리들 나무가

하늘에 뿌리내리고 싶은 건

그 언젠가 하늘에서 떠나왔기 때문이라네


아, 하늘에서는

뿌리를 내려도 구름처럼 자유롭다네

# 다시 부르는 노래

• • •

수평선 위로 아침 해가 솟았다. 햇빛은 여느 날보다 더욱 찬란하고 따스했다. 밝은솔은 햇빛을 깊이 받아들이며 밝은 누리를 쭉 둘러보았다.

그런데 뿌리와 몸통이 따끔거렸다. 가시덤불이 밑동을 휘감고 가지를 조이며 올라왔다.

"가시덤불아, 너도 하늘에서는 착하고 아름다운 나무야."

밝은솔이 부드러운 향기를 내뿜었다.

"피, 그런다고 봐줄 것 같으냐? 어림없다."

가시덤불이 더욱 힘을 주며 조여 왔다.

"너는 꽃송이는 작지만 무척 예쁘고 향기롭지."

밝은솔은 아픔을 참으며 다시 솔향을 풍겼다.

"글쎄, 필요 없대도."

그때 놀라운 일이 벌어졌다.

"가시덤불아, 밝은솔의 말이 맞아. 이제 그만 마음의 독기를 풀려무나."

주목나무가 향기를 뿜어냈다. 그가 다시 새싹을 내민 것이었다.

밝은솔은 하늘에서 내려오자마자 가장 먼저 주목나무의 영혼에게 하늘의 빛을 전해 주었다. 그랬더니 싹이 나서 향기를 뿜기 시작한 것이었다.

"이런, 죽은 나무가 살아나다니. 이런, 기막힌 일이!"

향나무가 놀랍고도 반가운 냄새를 터뜨렸다.

"말라 죽은 주목나무가 다시 살아났다!"

벚나무가 잎사귀를 마구 떨어뜨리며 호들갑을 떨었다.

주목나무는 예전보다 더 따사롭고 부드러운 향기를 풍겨냈다.

"밝은솔은 마침내 위대한 나무가 되었어. 그 덕분에 나는 다시 살아날 수 있었단다."

벚나무와 노간주나무는 못 믿겠다는 냄새를 피웠다.

"피, 위대한 나무가 뭐 저렇게 볼품없대?"

"맞아, 은행나무가 훨씬 위대해 보이는걸, 뭐."

주목나무가 대답했다.

"후훗, 겉으로 봐선 그렇지. 스스로 황금나무를 찾기 전까지는 이 비밀을 알 수 없단다. 가르침을 믿고 가고 또 가다 보면 알게 되는 거란다."

그때 은행나무가 신경질적인 냄새를 터뜨렸다.

"무슨 헛된 수작들이야. 모두들 내가 시킨 대로 하지 않으면 물줄기를 다 끊어 버리겠다!"

너무 화가 난 은행나무는 잎사귀와 열매까지 후드득 떨어뜨렸다. 동산의 모든 나무가 깜짝 놀랐으나 밝은솔은 담담하게 대꾸했다.

"하늘에서도 당신은 키가 가장 컸어요. 당신이 황금나무를 찾으면 나보다도 더 위대한 나무가 될 거예요. 그리고 하늘의 당신이 가장 그러고 싶어 한답니다."

밝은솔은 친근한 향기를 보내 주었다. 여유와 따스함이 묻어나는 밝은솔의 태도에 모든 나무들은 의아한 빛을 띠었다. 은행나무도 이내 조용해졌다.

밝은누리의 나무들은 밝은솔의 말에 점점 관심을 보였다.

"목숨을 잇기 위해 늘 들이쉬고 내뱉은 숨쉬기에 비밀의 문이 있어요."

밝은솔은 햇빛숨쉬기를 가르치기 시작했다. 가문비나무가 가장 먼저 마음을 열었고, 다른 나무들도 관심을 보이기 시작했다. 밝은솔은 하늘 애기를 들려주며 각자 자신의 황금나무를 찾으라고 권했다.

"우리가 한마음으로 자신을 찾아 완성하면 다툼이 사라지고 동산은 더욱 아름답고 향기롭게 돼요. 그리고 세상이 안정되어서 무서운 해일도 산불도 일어나지 않아요. 우리가 모든 것을 다스리고 변화시킬 수 있어요."

밝은솔은 여전히 작고 꼬부라지고 못생긴 소나무였다. 하지만 이파리와 몸통에서는 은은한 빛이 감돌았고, 냄새는 예전과 사뭇 달랐다. 그에게는 풀이든 나무든 짐승이든 감동시키는 힘이 있었다. 빛의 옹달샘에서 하늘빛이 은은하게 우러나는 까닭이었다.

아무도 그 빛을 보지는 못했지만 변화는 일어나기 시작했다. 고집불통인 가시덤불이 밝은솔을 스르르 풀어 주었다.

"남을 괴롭히는 일은 그만 해야겠어. 나도 괴로워."

가시덤불은 감아 조이던 다른 나무도 풀어 주었다. 가시덤불에게서 풀려 난 노간주나무와 벚나무도 햇빛숨쉬기를 가르쳐 달라고 했다.

"우리도 황금나무가 될 수 있을까?"

"물론이지요. 황금나무는 누구나 품고 있어요. 땅의 습성과 욕심에 눈이 가려서 보이지 않을 뿐이지."

주목나무는 며칠 사이에 이파리가 부쩍 늘어났다. 그는 새로 태어난 아기 나무인 양 즐거워하며 햇빛숨쉬기를 했다. 몇 번 신경질을 부리며 훼방을 놓던 은행나무도 달리 냄새를 풍기지는 않았다. 머지않아 그도 햇빛숨쉬기를 하게 될 거라고 밝은솔은 생각했다.

찬 기운을 머금은 바람이 '씨이잉' 하고 동산을 휩쓸었다.

나무들이 후드득 잎사귀를 떨어뜨리고 몸을 움츠리며 겨울잠에 들 준비를 했다. 그런 가운데서도 햇빛숨쉬기를 하는 나무들이 하나 둘 늘어갔다.

'내년 봄은 동산이 더욱 아름답고 향기로워지겠지.'

밝은솔은 오랜만에 노래를 불렀다. 주위의 나무들도 따라 불렀다.

오랫동안 금지되었던 그 노래는 합창이 되어 밝은누리 가득 퍼져 갔다.

나무들은 저마다

뿌리골무 깊은 곳에

옹달샘 하나씩 품고 있다네


그래서 나무들은

밤에도 쉬지 않고

겨울에도 잠들지 않고

옹달샘에 자신을 비춰 본다네


고요히 바라볼수록

나이테를 그리며 커지는 옹달샘에는

시나브로 황금빛 떡잎이 자란다네